W0238277

LACHELN

EIN LEBEN VOLLER *Konfettimomente*

Ist es nicht das, wie das Leben sein sollte und was wir uns alle tief in unserem Herzen wünschen? Glück, Zufriedenheit, Leichtigkeit und ein gewisses Händchen dafür, auch mit den Stürmen des Lebens umgehen zu können. Ein gewisses Gefühl von Ruhe und innerem Frieden, auch wenn das Schicksal oder der Alltag uns mal wieder auf die Probe stellen.

Es wäre ein großes Versprechen und schlichtweg eine Lüge, wenn ich dir sagen würde, dass das Leben eine einzige Party voller Konfettimomente sein kann. Ich denke, es gibt auch niemanden, der dir das Gegenteil beweisen könnte. Unsere Zeit auf dieser Erde besteht aus beidem: Schatten und Licht, Liebe und Angst, Frieden und Krieg. Und damit meine ich auch die inneren Kriege, die wir manchmal mit uns selbst ausfechten, die Limitierungen, mit denen wir uns selbst einschränken und die Ängste, die uns daran hindern, ein glanzvolles Leben im Licht zu führen. Und dann gibt es auf der anderen Seite Tage, die vor Liebe und Glück geradezu zerbersten. Wie ein mit Konfetti gefüllter Ballon, der im freudigen Treiben des Festes platzt und den ganzen Boden in einen Teppich bunter Konfettischnipsel verwandelt.

Das ist es doch, was das Leben ausmacht: Die Polarität unserer Existenz feiern. Beide Seiten da sein lassen. Die guten wie die schlechten. Mit diesem Kartenset wird es dir gelingen, Tag für Tag mehr Konfetti in dein Leben zu bringen. Du wirst deinen Alltag durch kraftvolle Affirmationen, Impulse, Übungen und Reflexionsfragen anreichern und lernen, dass du es in der Hand hast, die Konfettimomente zu entdecken oder sie selbst zu erzeugen. 44 liebevoll gestaltete

Karten werden dich dabei stützen und begleiten. Sie zeigen dir, wie du das Glück in dir selbst finden kannst, helfen dir, mehr Dankbarkeit und Achtsamkeit zu empfinden und begleiten dich auf deinem Weg zu deinem authentischen und (selbst)bewussten Leben.

ICH WÜNSCHE DIR VIEL SPASS DABEI.

Deine Julia

Über die Autorin

„Nach 15.000 verkauften Büchern, 300 intensiven Interviews zum Thema Glück und mittlerweile über 100 Frauen, die ich in meinen Coachings und Seminaren begleiten durfte, kann ich mit felsenfestem Selbstbewusstsein sagen, dass ich weiß, dass das Glück bereits in dir steckt und es manchmal nur die richtigen Fragen und etwas Hilfe benötigt, um es herauszuholen."

Julia lädt dich ein auf eine Reise zu deinem authentischen Ich, denn sie ist diesen Weg selbst gegangen und weiß, wie wertvoll sich glückliche Momente anfühlen und auch, wie wichtig es ist, sich das Glück ganz schnell wiederzuholen, sollte es uns doch mal entgleiten. Ihre persönliche Geschichte ist berührend und motivierend zugleich: Nach einem schweren Schicksalsschlag und einer sehr dunklen Zeit, schaffte sie es zurück zum Licht und wurde es nicht nur für sich selbst und ihre Familie, sondern berührt heute tausende Menschen mit ihrer Arbeit. Um an diesen Punkt zu kommen, traf sie radikale Entscheidungen: Sie verkaufte ihren gesamten Besitz, beendete eine langjährige Beziehung, verließ den Job im Großkonzern, auf den sie sieben Jahre hingearbeitet hatte und gab ihre Wohnung auf. All das, um sich auf eine intensive Reise zu sich selbst zu machen.

Ihr Weg führte sie nach Bali und Indien, wo sie Halt in der Spiritualität fand. Sie praktizierte Breathwork, lernte Reiki und Soundhealing und machte in einem Ashram am Fuße des Himalaya Gebirges schließlich eine Ausbildung zur Yogalehrerin. In einem weiteren Ashram absolvierte sie eine Weiterbildung zur Meditations- und Achtsamkeitslehrerin. Doch das reichte nicht: Zurück in Deutschland rückten ihre Ausbildung zur Psychologischen Beraterin und Personal Coach in den Mittelpunkt, bis sie schließlich das Neuro-Linguistische Programmieren (NLP) entdeckte und bis zum NLP Trainer alle Ausbildungen absolvierte.

Die Erfahrungen ihres außergewöhnlichen Lebens und die vielfältigen und tiefgreifenden Ausbildungen, fließen gleichermaßen in ihre Arbeit als Trainerin und Coach wie auch in ihre Bücher und Kartendecks ein. Auch in diesem Begleitheft wirst du die ein oder andere Anekdote von ihr lesen und somit auf ganz nahbare und persönliche Art und Weise dein eigenes Glück in dir entfachen.

WENN DU SCHON JETZT NEUGIERIG BIST UND JULIA NÄHER KENNENLERNEN MÖCHTEST, SCANNE DEN QR-CODE.

Anwendung

Für die Verwendung der Karten gibt es keine richtige Gebrauchsanweisung, denn es gibt viele Möglichkeiten, damit zu arbeiten. Dieses Kartenset besteht aus Karten in den folgenden vier Kategorien mit jeweils 11 Karten:

WUNDERSCHÖNE AFFIRMATIONEN

ACHTSAMKEITS- UND COACHING-ÜBUNGEN

REFLEXIONSFRAGEN

INSPIRATIONEN FÜR MEHR GLÜCK UND LEICHTIGKEIT

Es liegt an dir, ob du deine Karten sortierst und je nach Lust und Laune eine Karte der entsprechenden

Kategorie ziehst oder ob du die Karten mischst und dich überraschen lässt, was dich erwartet. Höre auf deine Intuition und verwende die Karten so, wie es sich für dich gut anfühlt. Hier gibt es kein Richtig oder Falsch!

Das Kartenset Konfettimomente enthält ausschließlich positive Karten, die dich durch den Tag leiten, dir Mut machen oder dich mit Fragen dazu bringen, bestimmte Dinge in deinem Leben zu reflektieren. Mit jeder Karte wirst du persönlich wachsen, deine Verbindung zu dir selbst stärken und aktiv auf dein Glückskonto einzahlen.

Manche Karten sind bewusst sehr vage und offen formuliert, dass du den Raum hast, eigene Gedanken entstehen zu lassen und die Antworten findest, die für dich gerade wichtig sind. Die Karten geben dir immer den Impuls, den du gerade brauchst. Manchmal reicht schon der Name der Karte, um dir eine wichtige Botschaft zu geben. Wenn du über den Text hinaus Impulse zum Thema der Karte haben möchtest, wirf einen Blick in dieses Heftchen.

KARTEN ZIEHEN

Es gibt verschiedene Möglichkeiten, wie du deine Karte ziehen kannst. So kannst du die Karten zum Beispiel einfach vor dir ausbreiten und eine beliebige ziehen. Vielleicht willst du sie auch mischen, bis deine Intuition dir sagt, dass du die richtige Karte gefunden hast. Du kannst hierbei nichts falsch machen!

HIER EIN BEISPIEL, WIE DU MIT DEN KARTEN ARBEITEN KANNST:

Halte die Karten gestapelt vor dein Herz und schließe die Augen. Atme ein paar Mal tief ein und aus und verbinde dich im Geist mit den Karten. Du kannst hier wenn du magst eine Frage stellen oder nach einer allgemeinen Botschaft fragen. Fange nun an, die Karten zu mischen. Gerne kannst du dabei deine Augen geschlossen lassen. Vielleicht fällt eine Karte heraus, möglicherweise fühlst du aber auch irgendwann, dass es Zeit ist, mit dem Mischen aufzuhören. Vertraue hier ganz auf deine innere Stimme. Du kannst dabei gar nichts falsch machen. Lies nun, was auf der Karte steht. Vielleicht reicht bereits die Überschrift aus, um auf deine Frage zu antworten? Möglicherweise enthält aber auch der weiterführende Text wichtige Impulse für dich.

Versuche, hier auch zwischen den Zeilen zu lesen und interpretiere die Karten, wie es sich für dich in diesem Moment richtig anfühlt. Wenn bestimmte Emotionen hochkommen, wertschätze diese. Versuche nicht, irgendwelche Gefühle zu verdrängen, sondern lade sie liebevoll ein, sich dir zu zeigen. Auf diese Art und Weise empfängst du Hinweise, die noch viel wichtiger sind als der Text auf den Karten. Hier verbirgt sich die wahre Botschaft! Nachdem du dir deine eigenen Gedanken zur Karte gemacht hast, kannst du in diesem Heft nach weiteren Impulsen schauen.

Absicht

Im Neuro-Linguistischen Programmieren (NLP) gibt es eine Grundannahme, die besagt, dass sich hinter jedem Verhalten eine positive Absicht verbirgt. Das bedeutet, dass selbst wirklich schlimme Verhaltensweisen, wie Lügen oder Gewalt eine positive Absicht verfolgen. Klingt erst mal seltsam, ich weiß. Wenn du jedoch bereit bist, einmal ganz neu auf eine Situation zu blicken, wirst du verstehen, was ich meine: Ein Lügner möchte vielleicht besser dastehen und wünscht sich, gesehen zu werden. Ein Schläger, will sich verteidigen oder sich auf diese Art und Weise Aufmerksamkeit erhaschen. Macht die Annahme, dass eine positive Absicht hinter jedem Verhalten steckt, solche Taten nun besser? Nein, jedoch hilft sie dir, wieder den Menschen als Mensch wahrzunehmen, Nachsicht walten zu lassen und vielleicht sogar zu verzeihen.

Akzeptanz

Was ist, wenn es gar nicht darum geht, schöner, besser oder erfolgreicher zu sein? Was ist, wenn es im Leben einfach nur darum geht, sich selbst vollkommen anzunehmen? Mit all den Ecken und Kanten, den Speckröllchen, den Ausreden, Augenringen und den großen und kleinen Gefühlsausbrüchen! Du bist liebenswert so wie du bist und wenn du anfängst, das selbst so zu sehen, wirst du nicht nur mit dir selbst glücklicher sein, sondern schließlich auch mit dem ganzen Leben.

Aufblühen

Was für Gedanken und Gefühle löst es aus, wenn du dir vorstellst, komplett aufzublühen? Deine wahre Größe zu entfalten und dich zu zeigen, wie du wirklich bist? Ich vermute, an dieser Stelle kommen dir, wie bei den meisten Menschen, gemischte Gefühle hoch, oder? Klar, denn mit deinem Wachstum geht auch Veränderung einher, die häufig Ängste mit sich bringt. Die Sorge abgelehnt zu werden oder nicht mehr dazuzugehören, sind häufige Ängste, die in diesem Zusammenhang immer wieder auftauchen. Doch frage dich mal, ob du diese Ängste wirklich gewinnen lassen möchtest und dafür ein Leben im Schatten in Kauf nehmen willst oder ob du ein Leben im Licht führen willst! Der Preis für dein Leben im Schatten ist der pauschale Verlust deiner Lebensqualität, während du im Licht vielleicht einzelne Verluste erlebst, die nicht so viel wiegen wie der Gewinn eines erfüllten und echten Lebens, das auf der anderen Seite auf dich wartet.

Aufmerksamkeit

Ein glückliches Leben zu führen, bedeutet für mich, eine gewisse Ausgeglichenheit zwischen den verschiedenen Lebensbereichen zu erreichen und dabei jeweils ein recht hohes Niveau anzustreben. Es bringt dir nichts, die steilste Karriereleiter zu erklimmen, wenn oben angekommen ein Leben in Einsamkeit und Stress auf dich wartet. Es nützt nichts, dich nur der Spiritualität und Meditation hinzugeben, wenn auf der anderen Seite dein Konto leer ist und du dir nicht mal gesunde Lebensmittel leisten kannst, die deinem Körper guttun. Es geht um die Balance. Und um diese zu erzielen ist eine gewisse Aufmerksamkeit nötig, die du dir und deinen verschiedenen Lebensbereichen schenken darfst.

Balance

Sicherlich bist du schon mal geflogen und hast zu Beginn der Sicherheitsunterweisung gelauscht. Dann weißt du ja, dass du im Flugzeug erst dir selbst die Sauerstoffmaske aufsetzt, bevor du anderen hilfst. Warum das so ist? Weil du nur für andere da sein kannst, wenn es dir selbst gut geht! Übrigens – du denkst es dir bereits – gilt das nicht nur für deinen nächsten Flug ins Warme. Dieses Prinzip gilt immer und überall! Je besser du für dich sorgst, desto besser kannst du auch für andere da sein und sie ganz automatisch mit deinem Strahlen anstecken.

Dankbarkeit

Dankbarkeit ist mehr als ein bloßes *„Dankeschön"*, wenn dir jemand einen Gefallen getan oder die Tür aufgehalten hat. Dankbarkeit ist eine innere Grundhaltung. Ein Lebensgefühl und vielleicht das einfachste Tool, um dauerhaft glücklicher zu leben. Dankbarkeit praktizierst du, indem du wahrnimmst, im Hier und Jetzt ankommst und eine tiefe Wertschätzung empfindest. Du kannst deine Dankbarkeit schulen, indem du bewusst deinen Fokus verlagerst und es dir zur Gewohnheit machst, immer wieder nach Dingen zu suchen, für die du dankbar sein kannst. Mache das, wann immer du die Gelegenheit dazu hast: Beim Warten an der Supermarktkasse, bevor du einschläfst, beim morgendlichen Zähneputzen, auf deinem nächsten Spaziergang. Du kannst Dankbarkeit trainieren wie einen Muskel und irgendwann wirst du ganz automatisch immer mehr Dinge wahrnehmen, die dich glücklich machen und deine Seele berühren.

Empathie

Wir leben in einer schnelllebigen Zeit. Rasend schnell zieht der Alltag an uns vorbei. Wir grüßen, ohne den Blick zu heben, wir führen Gespräche, während die Augen das Display unserer Handys im Visier haben und wir hetzen von A nach B, ohne mal innezuhalten, bewusst zu atmen und die Schönheit der Wolkenbilder wahrzunehmen. In einer Welt voller Anforderungen, die das Leben laut daher ruft, ist es umso wichtiger, dass wir uns ganz bewusst mit uns und unseren Mitmenschen verbinden. Echte Gespräche führen, uns in die Augen schauen, Umarmungen verteilen, aufrichtiges Interesse zeigen und dabei allen Stress und jegliche (technische) Ablenkung einfach mal beiseitelegen. Es gibt viele Möglichkeiten, dein Leben achtsam zu gestalten. Dies ist eine davon.

Energie

Wenn du mein Buch *„Das Glücksperiment"* bereits gelesen und bearbeitet hast, konntest du dich schon in einer intensiven Übung mit deinen Kraftquellen und Energieräubern auseinandersetzen. Regelmäßig zu reflektieren, was uns Kraft und Energie schenkt, ist sehr wichtig, denn nur wenn wir uns darüber bewusst sind, können wir etwas verändern und geeignete Maßnahmen finden, um langfristig fitter, gesünder, entspannter und energetischer zu leben. Ein gesunder Energiehaushalt ist eine der wertvollsten Ressourcen und unersetzbar, wenn du dir ein Leben voller Konfettimomente aufbauen möchtest. Mit geladenen Akkus wird es viel leichter sein, dir ein Leben voller Konfettimomente aufzubauen.

Freiheit

In der engen Zusammenarbeit mit über 100 Frauen, habe ich immer wieder den gleichen Satz gehört: *„Ich würde ja gerne, aber ich habe kein Geld."* Ich frage danach häufig, ob sie denn überhaupt schon erste Informationen für ihren Traum eingeholt haben, konkrete Schritte gegangen sind oder verschiedenen Möglichkeiten gesucht haben, wie sie ihren Traum doch möglich machen können. Immer wieder war es das liebe Geld, das als willkommene Ausrede für den Stillstand herhalten musste. Ich verrate dir etwas: Diese Opferhaltung hat noch niemanden weitergebracht. *„Wo ein Wille, da ein Weg"* heißt es und ich stimme dem zu. Statt den Fokus auf Gründe zu legen, warum etwas nicht klappt, ist es viel nützlicher, nach Lösungen Ausschau zu halten und Schritt für Schritt die Dinge umzusetzen, die für unser Ziel nötig sind.

Freude

Häufig machen wir Dinge im Alltag, die wir gar nicht wollen. Wir machen Aufgaben, die uns längst überdrüssig sind, wir erfüllen die Erwartungen Anderer oder setzen uns manchmal selbst unter Druck, ein gewisses Ergebnis zu erzielen, auch wenn uns gerade gar nicht danach ist und wir viel lieber einfach mal durchatmen möchten. Frag dich doch mal selbst, was gerade bei dir im Leben dominiert: Müssen oder Wollen? Natürlich ist es auch wichtig, mal die Zähne zusammenzubeißen und die ein oder andere unbequeme Aufgabe zu machen. Doch wenn es diese Seite des Lebens gibt, dann wäre es doch nur fair, wenn wir auch mal einfach nur der Freude folgen, oder?

Führung

Kontrollierst du deine Gedanken oder kontrollieren deine Gedanken dich? Für ein Leben voller Konfettimomente ist es nützlich, auch mal auf *„Stopp"* zu drücken und das ewige Gedankenkarussell anzuhalten. Die Kontrolle zurückzugewinnen und dir bewusstzumachen, dass du nicht deine Gedanken bist! Wusstest du, dass wir ca. 60.000 Gedanken am Tag denken und davon nur ein kleiner Bruchteil positiv ist? Hinzu kommt, dass die meisten Gedanken wie auf Dauerschleife immer wieder kehren und nur ein paar davon neu sind! Höchste Zeit also, dieses destruktive Muster zu durchbrechen und Gedankenhygiene zu betreiben! Kleiner Tipp: Oftmals ist es schon nützlich, deine Gedanken zu hinterfragen und nicht alles zu glauben, was du denkst.

Gelassenheit

Was wäre, wenn du das tiefe Vertrauen hättest, dass alles im Leben immer für dich geschieht und es keine Fehler gibt? Was wäre, wenn jeder Rückschlag und jede Enttäuschung einzig und allein dafür dient, dich die Erfahrungen machen zu lassen, die du gerade brauchst, um weiterzukommen? Stell dir mal vor, dass genau die Dinge, die gerade nicht funktionieren, rückblickend die größten Geschenke sind! Die Absage im Job, um dann die Firma zu finden, die wirklich zu dir passt. All die Tränen und der Liebeskummer, nur um irgendwann dem richtigen Partner in die Arme zu fallen. Die verpasste Chance, die sich rückblickend als dein größtes Glück herausgestellt hat, weil du nur dadurch eine wunderbare Erfahrung machen konntest. Beispiele wie diese gibt es viele. Und ja, ich weiß, dass es sich im ersten Moment alles andere als gut anfühlt, wenn etwas nicht gelingt. Doch vielleicht helfen dir diese Gedanken, im Vertrauen zu bleiben und dabei optimistisch und gelassen in die Zukunft zu blicken.

Geschenk

Egal ob du die schönste Kindheit hattest oder mit gemischten Gefühlen an dein Elternhaus zurückdenkst. Es gibt da etwas, das deine Eltern dir geschenkt haben. Etwas, was dich heute auszeichnet, dich gestärkt hat oder dir heute als unglaubliche Ressource dient. Wenn du mit Wertschätzung und Neugierde zurückblickst, wirst du Dinge entdecken, die der Grund dafür sind, dass du heute so ein wundervoller Mensch bist. Nicht jedes Geschenk kommt mit Schleife und einem Geschenkpapier zu dir. Manche Geschenke sind besondere Erinnerungen, Gefühle und Erfahrungen. Einige haben dich im Positiven so geprägt, dass du dir wünschst, dieses Paket einmal weitergeben zu können. Aus anderen hast du genau das Gegenteil gelernt. Nämlich, dass du es besser machen kannst.

Glücksboost

Glücklich sein ist etwas, wofür du aktiv selbst sorgen kannst. Denn nur weil das Glück bereits in dir ist, heißt es nicht, dass es immer und jederzeit wie eine nie enden wollende Quelle aus dir heraussprudelt. Nein, manchmal müssen wir für unser Glück etwas tun. Schon durch einfache Taten können wir es anreichern. Zu verstehen, dass du für dein Glück etwas tun kannst, gibt dir die Power zurück! Du hast die Verantwortung und das ‚Glück' jederzeit selbst etwas zu deinem Glücksgefühl beitragen zu können. Du bist Teil der Lösung und kannst dir heute, hier und jetzt überlegen, was du tun kannst, um deinem Leben voller Konfettimomente einen echten Boost zu verpassen.

Handbremse

Offen gesprochen, hätte ich auf jeden Zweifel in mir gehört oder meine negativen Glaubenssätze gewinnen lassen, würdest du dieses Kartenset nicht in deinen Händen halten. Es ist ganz normal, dass wir manchmal Angst haben, an uns zweifeln oder uns eine innere Stimme sagen will, dass wir nicht bereit oder nicht gut genug für unsere Ziele sind. Deshalb lass diese Stimme in dir doch einfach da sein und tu mal so als ob das Zögern und Zaudern nicht zu dir gehört und gar nicht dich meint. Denn unter uns: Die Angst kann ja da sein. Du kannst auch mit der Angst für dein Ziel losgehen. Klingt banal? Ist es auch, denn meistens lernen wir ohnehin auf dem Weg und wachsen an unseren Aufgaben.

Harmonie

In Liebe und Harmonie zu leben, muss nicht bedeuten, dass du zu anderen *„Ja und Amen"* sagst und dich für die Wünsche und Vorstellungen deiner Mitmenschen verbiegst. Es bedeutet viel mehr, authentisch für dich einzustehen und so zu kommunizieren, dass du deine Worte voller Liebe und Empathie wählst. So kannst du selbst Meinungsverschiedenheiten oder Konflikte so gestalten, dass du keine *„verbrannte Asche"* hinterlässt, sondern vielmehr ein kleines wärmendes Feuer zündest, an dem ihr beide wieder zueinander finden könnt.

Inspiration

Oftmals ist es uns gar nicht bewusst, wie sich unser tägliches Handeln auf das Leben anderer Menschen auswirkt. Überleg doch mal: Wie oft begegnet dir jemand im Alltag, der dich auf irgendeine Art und Weise fasziniert, etwas erzählt, was dich im Herzen berührt oder bestimmte Gefühle in dir auslöst? Und dann stell dir mal die Frage, wie oft du dich bei diesen Menschen bedankst, Feedback gibst oder es dein Gegenüber wissen lässt. Ich nehme an: Viel zu selten! Und jetzt drehe diesen Gedanken mal um! Wenn du nicht immer anderen sagst, wie sehr dich ihr Handeln inspiriert, wie viele Menschen wirst du dann schon begeistert und berührt haben, ohne dass sie dir das direkt gesagt haben?

Klarheit

WAS WILLST DU WIRKLICH?

Machst du gerade das, was du wirklich willst? Willst du das sicher oder verbirgt sich daher eher ein „*soll*" oder „*muss*"? Willst du es oder ist es eher etwas, was andere von dir erwarten? Deine Eltern, Freunde, dein Partner oder etwas, das die Gesellschaft akzeptieren würde? Und jetzt mal Hand aufs Herz: Willst du das wirklich? Fragen über Fragen. Ich bin mir sicher, tief in dir weißt du die Antworten darauf. Sich diese einzugestehen ist der erste Schritt. Tatsächlich etwas zu verändern, der zweite.

Lächeln

Hast du schon mal etwas von der Facial-Feedback-Hypothese gehört? Diese besagt, dass sich unser Gesichtsausdruck auf unseren Gefühlszustand auswirkt und wir spürbar glücklicher sind, wenn wir lächeln. Es gibt zahlreiche Studien, die diese Hypothese aufgreifen. Doch letztendlich braucht es keine Wissenschaft, um festzustellen, dass ein Lächeln oder eine aufrechte Körperhaltung positiv auf dein Glückskonto einzahlen. Du kannst es nämlich ganz einfach hier und jetzt selbst probieren und deine eigenen Erfahrungen damit machen. Wechsle doch mal zwischen einem traurigen Gesicht mit heruntergezogenen Mundwinkeln und einem breiten Lächeln. Halte jeden Gesichtsausdruck für ein paar Sekunden und beobachte, wie du dich dabei fühlst. Kannst du den Unterschied feststellen?

Leichtigkeit

Eine wunderbare Übung, um dich schnell richtig gut zu fühlen, kommt aus dem Lachyoga. Dafür darfst du einfach mal aus vollem Hals wie ein Weihnachtsmann lachen! *„Ho Ho Ho Ho"*! Vielleicht liegt dir das Lachen einer buckligen Hexe mehr? *„Hi Hi Hi Hi"*! Ich verspreche dir, das auszuprobieren lohnt sich! Erlaube dir, laut und voller Hingabe auf besonders lustige Art und Weise zu lachen und beobachte, wie du mit jedem *„Ho Ho Ho"* oder *„Hi Hi Hi"* bessere Laune bekommst und am Ende sogar ganz natürlich lachen musst. Dieser kleine Trick hilft auch bei Emotionen wie Traurigkeit und Wut. Probiere es unbedingt! Du wirst sehen, wie dir diese kleine Übung zu mehr Leichtigkeit verhilft.

Loslassen

Irgendwann habe ich eine Karte geschenkt bekommen, auf der sinngemäß stand, dass man mit vollen Händen nichts greifen kann. Dieser Satz begleitet mich bis heute und ist etwas, das ich für absolut wahr empfinde. Um aus meinem alten Leben auszubrechen, musste ich allerlei Dinge loslassen: Die vermeintliche Sicherheit meines Jobs, mein gemütliches Zuhause, kistenweise Besitz, mein Auto und viel mehr. Ich hätte niemals so unbeschwert meinen Weg gehen können, wenn ich all das im *„Gepäck"* dabeigehabt hätte. Wie ein Heißluftballon, der die Sandsäcke abwerfen muss, um in die Luft steigen zu können. Welcher Ballast könnte dich gerade noch daran hindern, zu fliegen?

Meditation

In meinem Buch *„Das Glücksperiment – glücklich leben"* gibt es einige ergänzende Audio- und Videoinhalte, die du per QR-Code abrufen kannst. Dieses besondere Erlebnis möchte ich dir auch hier nicht vorenthalten und lade dich deshalb ein, eine dieser schönen Meditationen auszuprobieren. Du bist nur einen tiefen Atemzug und QR-Code-Scan von deiner Entspannung entfernt.

Mindset

Wenn du ein bestimmtes Ergebnis manifestieren möchtest, wie zum Beispiel die Erreichung eines großen Zieles, darfst du einmal mit dir selbst einchecken, ob du bereits die Dinge tust, die dafür nötig sind. Was denkt die Person, die das Ziel erreicht hat über sich und die Welt? Wie fühlt sie sich? Wie handelt sie und welche Gedanken unterstützen sie auf ihrem Weg? Welche Identität darfst du annehmen, um das zu erreichen, was du dir wünschst? Mach doch mal deine Augen zu und spüre in diese Fragen hinein. Hör mal, was für Gedanken kommen und beobachte, wie du dich selbst an deinem Ziel wahrnehmen kannst. All diese Dinge darfst du schon jetzt in dein Leben integrieren. Wie heißt es so schön? Erst sein, dann haben.

Mut

Wir brauchen Mut, unser Leben zu verändern und aus dem Job auszubrechen, den wir vielleicht jahrelang für den richtigen gehalten haben. Wir brauchen Mut, einem Menschen zu sagen, dass wir ihn lieben oder auch, um neue Wege zu gehen. Wir brauchen Mut, um aus der Masse auszubrechen und uns endlich so zu zeigen, wie wir wirklich sind. Und wir brauchen manchmal Mut, um einfach mal *„Nein"* zu sagen. Die gute Nachricht ist: Mut ist lernbar und du kannst dir täglich kleine Mutproben stellen und deine Komfortzone so Stück für Stück erweitern. Oftmals ist auch ein Blick in die Vergangenheit nützlich, denn auch in ihr stecken sicherlich einige Momente, die dich Mut gekostet und anschließend reichlich belohnt haben.

Natur

Als Kind habe ich stundenlang im Wald gespielt und es war mir egal, ob es in Strömen geregnet hat. Ich wollte zwischen Bäumen an einem kleinen Fluss mein Lager bauen und unter dem Schutz der Baumblätter das Prasseln des Regens hören. Vielleicht geht es dir wie mir und du hast in deiner Kindheit ganz natürlich das Grüne gesucht. Heute ist es kein Geheimnis mehr, wie heilsam und wohltuend das Baden in der Natur ist. Der Begriff *„Waldbaden"* ist dir sicherlich schon mal begegnet, oder? Ein Ausflug in die Natur wirkt sich positiv auf dein Nervensystem, deine Gesundheit und deine Energiereserven aus. Außerdem regt eine Auszeit im Grünen sogar deine Kreativität an und steigert dein Glücksempfinden.

Pause

Auf einem Seminar, das ich vor vielen Jahren besuchte, wurde einmal folgende Frage in den eng bestuhlten Seminarraum geworfen: *„Bist du nur beschäftigt oder bist du produktiv?"* Autsch! Erwischt! Seitdem hängt dieser Spruch in der Nähe meines Schreibtisches und ich ertappe mich öfter als mir lieb ist dabei, dass diese Frage wieder ins Schwarze trifft. Da arbeite ich stundenlang durch und blicke am Ende eines langen Tages auf ein Ergebnis zurück, das ich in wenigen produktiven Stunden hätte erreichen können. Was hier hilft: Pausen machen! Am liebsten arbeite ich heute in Sprints: 50 Minuten Fokus, 10 Minuten Pause und weiter geht's. Nach 2 Sprints fällt die Pause länger aus und nach 4 Runden blicke ich zufrieden auf ein Ergebnis zurück, das ich früher vermutlich erst in der doppelten Zeit erreicht hätte. Probier's mal aus!

Perspektivwechsel

Puh, diese Affirmation hat es in sich, das ist mir bewusst. Denn ich weiß, dass es Situationen und Momente gibt, da können wir uns noch so sehr bemühen und es fällt uns trotzdem kein guter Grund ein, warum gewisse Dinge passieren mussten. Man sagt, dass man sein Leben vorwärts leben muss und es nur rückwärts verstehen kann. Wenn du dich dafür öffnest und im Vertrauen bleibst, wird es dir sicherlich auch irgendwann gelingen, die Geschenke zu entdecken, die das Leben manchmal auf gar schmerzhafte und seltsame Art und Weise zu überreichen vermag. Gib dir dafür Zeit und vertraue darauf, dass am Ende alles seinen Sinn ergeben wird.

Präsenz

Hast du Lust auf eine tiefe, verbindende und berührende Erfahrung? Eine besonders schöne Form, völlig präsent mit einem anderen Menschen einfach nur zu sein, findest du im Blickkontakt. Auf Bali und in Indien habe ich oftmals minutenlang in die Augen fremder Menschen gesehen, ohne ein Wort zu sagen oder den Blick abzuwenden. „*Eye Gazing*" fühlt sich am Anfang vielleicht etwas ungewohnt an, aber nach ein, zwei Minuten wirst du dich entspannen und in ein Gefühl tiefer Verbundenheit und Ruhe eintauchen. Manchmal kullern dabei Tränen oder ein breites Grinsen breitet sich über dem Gesicht aus. Probiere es doch mal und beobachte, welche Gedanken und Gefühle dabei auftauchen und nimm das einfach nur wahr, ohne es zu bewerten.

Ruhe

Freunde, Kollegen, die Familie und sogar fremde Menschen haben rund um die Uhr Zugriff auf uns. So groß dieses Problem ist, so kompakt lässt es sich doch in unserer Hosentasche verstauen: Unsere Smartphones. Als würde das nicht reichen, tragen manche Menschen ihre Mails und Nachrichten mittlerweile als Smartwatch am Handgelenk und werden durch ein kurzes Blinken oder Klingeln aus dem Hier und Jetzt gerissen. Diese Entwicklung kann sehr kräftezehrend sein. Die Grenzen zwischen Beruf und Privatleben verschwimmen immer mehr und auch unser Gefühl für unsere eigenen Wünsche und Bedürfnisse hat es schwer, sich seinen Weg durch die ständigen Ablenkungen von außen zu bahnen. So wertvoll Zwischenmenschlichkeit und vor allem auch echte Begegnungen sind, so wichtig ist es, die gleiche Wichtigkeit auch der Zeit mit sich selbst zuzuschreiben.

Sein

Wir leben in einer schnelllebigen, ergebnisorientierten Gesellschaft. Schon als Kinder wird unsere Leistung durch ein Notensystem bewertet. Wenn ich meine Lehrer damals gefragt habe, warum ich ein bestimmtes Thema lernen muss, erhielt ich nur die Antwort *„Um zu bestehen"*. Eine ziemlich unbefriedigende Antwort für einen kleinen Menschen, der ein paar Jahre zuvor gerade das Laufen lernte und sich eine halbe Stunde mit einem kleinen Ast und einem Tannenzapfen beschäftigen konnte. Höchste Zeit, dass wir Erwachsenen wieder genau das machen, was als Baby so selbstverständlich war: Einfach sein! Ein Blatt beobachten, ohne ein bestimmtes Ergebnis zu erwarten. Ein Bild malen, ohne damit etwas verdienen zu wollen. Den Sonnenuntergang beobachten, ohne es auf Social Media posten zu wollen. Einfach mal sein. Eins werden mit dem Moment, völlig losgelöst vom Ergebnis. Ist es nicht das, worum es im Leben geht?

Selbstliebe

Selbstliebe kann es sein, die Art und Weise, wie du mit dir sprichst zu hinterfragen und darauf zu achten, liebevolle Worte zu wählen, selbst wenn dir mal etwas nicht so gelingt, wie du es dir gewünscht hast. Vielleicht bedeutet Selbstliebe für dich, dir ein großes Lächeln im Spiegel zu schenken, ein warmes Bad zu nehmen, dich achtsam einzucremen oder dir ein Geschenk zu machen, das dich zum Lächeln bringt. Frische Blumen kaufen, eine Massage buchen oder einfach mal die Arbeit liegenlassen und dafür etwas Zeit nur dir selbst widmen... Es gibt so viele Möglichkeiten, Selbstliebe zu praktizieren und ich bin mir sicher, du hast selbst einige Ideen, was du dir Gutes tun kannst.

Selbstwert

Der wichtigste Satz, den mir jemand gesagt hat, kam von einem Freund, der mir eindrücklich sagte *„Julia, du darfst glücklich sein!“*. Heute gebe ich diese Aussage weiter und möchte auch dir sagen, dass du (ja du!) glücklich sein darfst! Und dazu gehört auch, dass du Entscheidungen so triffst, dass sie dein Leben schöner und lebenswerter machen. Das kann auch mal ein *„Nein“* zu anderen sein, denn damit sagst du zum wichtigsten Menschen in deinem Leben *„Ja“* – nämlich zu dir selbst! Und wenn du meinst, das klingt ein wenig egoistisch, kann ich dir sagen: Gesunder Egoismus tut nicht nur dir selbst gut, sondern schließlich auch deinen Mitmenschen. Denn erst wenn du für dich gesorgt hast, kannst du auch für andere da sein.

Stolz

Kannst du dir vorstellen, wie es sich auf dein Leben auswirken würde, wenn dir deine großen und kleinen Erfolge bewusst wären und du täglich Aspekte finden würdest, auf die du stolz sein kannst? Fühlst du, wie sich das auf dein Selbstbewusstsein auswirken würde? Ich kann deine (innere) Größe jetzt schon sehen, wenn ich daran denke! Fange heute an, jeden Tag nach Aspekten zu suchen, die dich stolz machen und lass es zu deiner schönsten Gewohnheit werden, dich selbst wie dein eigener Fan zu feiern und zu bestärken! Es gibt so viele Dinge, auf die du stolz sein kannst. Du musst sie dir nur mal bewusstmachen.

Teilen

Als ich in die siebte Klasse gegangen bin, habe ich ein halbes Jahr lang ehrenamtlich im Altersheim geholfen. Nach Schulschluss verbrachte ich dort meist mehrere Stunden, um mit den Senioren zu spielen, bei der Essensausgabe zu helfen oder abzuwaschen. Ein Dankeschön habe ich dafür nie bekommen. Dafür erhielt ich etwas, was viel wichtiger war: Das Gefühl, etwas Sinnvolles gemacht zu haben. Ich spürte die Freude der alten Menschen, die viel zu selten Besuch bekamen und sah den Glanz in den Augen, wenn ich zu einer Runde Bingo aufrief! Für mich war diese Tätigkeit so erfüllend, dass ich unglaublich viel Kraft und Glück daraus ziehen konnte. Doch es muss nicht gleich ein Ehrenamt sein: Schon kleine Gesten können so viel bewirken und in dir mindestens die gleichen schönen Gefühle auslösen, wie bei deinem Gegenüber! Konntest du schon ähnliche Erfahrungen sammeln?

Umsetzung

Gerade in der spirituellen Szene wird häufig vom Manifestieren gesprochen. Menschen kleben sich ihre Träume und Ziele auf ihr Vision Board, meditieren, schreiben in ihr Tagebuch und zweifeln dann am Universum, wenn sich nach der zehnten Visualisierung immer noch nichts getan hat. Ich will nicht den Spielverderber spielen, aber so einfach läuft es nicht. Wie wäre es, wenn du all diese Dinge um eine wertvolle Sache anreicherst: Umsetzen! Du wächst dann, wenn du echte Taten sprechen lässt, du kommst deinen Träumen dann näher, wenn du dir überlegst, welche Schritte für das Erreichen deines Zieles wichtig sind und dann auch schnellstmöglich dafür losgehst. Dabei musst du nicht immer das große Ganze anvisieren, sondern einfach nur den ersten Schritt gehen.

Vergebung

Ein wunderschönes Vergebungsritual aus dem Hawaiianischen Schamanismus heißt Ho'oponopono. Dieses Ritual hilft dir, Vergebung zu üben und eine Situation für dich selbst oder einen anderen Menschen zu heilen. Mit Ho'oponopono gelangst du wieder zu innerem Frieden, Heilung und Ruhe. Übersetzt steht dieses Ritual für „*Etwas wieder ins Reine bringen*" bzw. „*Etwas zurechtrücken*". Scanne den QR-Code, um mehr darüber zu erfahren und gemeinsam das Vergebungsritual zu praktizieren. Es geht ganz einfach:

ES TUT MIR LEID • BITTE VERGIB MIR
ICH LIEBE DICH • DANKE

Wachstum

So wie es hinderliche Glaubenssätze gibt, die dich ausbremsen oder dich davon abhalten, gewisse Dinge endlich umzusetzen, so gibt es auch Glaubenssätze, die für dein Glück besonders förderlich sind und dich mit mehr Leichtigkeit und Glück durch dein Leben gehen lassen. Diese Affirmation ist einer dieser Sätze. Um etwas in deinem Leben zu verändern, ist es ein unglaublicher Beschleuniger (und wenn du mich fragst, sogar Voraussetzung), dass du selbst an diese Veränderung glaubst! Manchmal hilft es, dir die positiven Glaubenssätze immer wieder bewusstzumachen und deinen Fokus auf Beweise zu richten, wieso es tatsächlich wahr ist, was du glaubst. *„Wer suchet der findet"*, also warum nicht mal Beweise sammeln, warum dein Leben jeden Tag schöner wird?

Wahrheit

Was bedeutet es, deine Wahrheit zu leben und zu sprechen? Für mich bedeutet es, Dinge auszusprechen, die dir auf dem Herzen liegen, auch wenn es nicht immer leicht ist. Es bedeutet, echt zu sein, Grenzen ziehen zu können und auch bereit zu sein, Dinge zu verändern, wenn sie nicht deinem wahren Kern entsprechen. Deine Wahrheit lebst du, indem du authentisch du bist und dich dabei wohlfühlst. Das gelingt nicht immer von Anfang an. Doch wenn du erste Erfahrungen sammelst, wie wertvoll es ist, authentisch zu leben, wirst du schnell Gefallen daran finden. Indem du deine Wahrheit lebst, erlaubst du auch anderen Menschen, echt zu sein. Der Gewinn, der auf dich wartet? Echte Beziehungen, tiefe Verbindungen und Türen, die sich von Zauberhand öffnen, wo vorher nur Wände waren.

Weisheit

Du bist eine unendliche Quelle der Weisheit und des Wissens. Im Laufe deines Lebens hast du so viele Erfahrungen gemacht, so viel gelernt, gehört und gesehen, dass es für dein Bewusstsein die größte Überforderung wäre, all das immer präsent zu haben. Doch nur weil du nicht immer sofort die Lösung oder den Weg zu deinem Ziel kennst, heißt es nicht, dass das Wissen oder die Ressourcen nicht tief in dir schlummern. Es gibt unzählige Methoden und Tools, die dir den Zugriff auf diese Ressourcen geben. Dafür brauchst du nicht immer einen Coach. Oftmals reicht das Erinnern von Situationen, die du bereits gemeistert hast, um auf die Weisheit in dir wieder zugreifen zu können.

Wertschätzung

Hast du dich schon mal dabei erwischt, dass du von jemandem enttäuscht warst, weil er oder sie dir nicht genügend Wertschätzung entgegengebracht hat? Vielleicht hat dich dein Chef kaum gelobt, dein Partner sich nicht für deine ganze Arbeit im Haushalt bedankt oder jemand anderes hat deine Unterstützung für selbstverständlich gehalten? Wir wünschen uns so häufig Dinge von anderen Menschen, verknüpfen gewisse Erwartungen damit und sind am Ende enttäuscht, wenn wir nicht das bekommen, was wir für richtig halten. Was wir dabei oft übersehen: Wir sind es manchmal selbst, die uns diese Wertschätzung nicht entgegenbringen. Wann warst du das letzte Mal richtig dankbar für dich selbst? Hast du dich schon mal selbst gelobt und für einen Erfolg ausgiebig gefeiert? Konntest du dir schon mal die gleiche Anerkennung entgegenbringen, die du dir so sehr von außen wünschst? Wie wäre es, wenn du dich heute mal für all das wertschätzt, was du Tag für Tag leistest?

Zeit

Wir alle haben jeden Tag die gleiche Anzahl an Stunden zur Verfügung und doch gibt es Menschen, die ihre Zeit wirklich nutzen und andere, die nicht nur Stunden, sondern gar Tage oder Jahre verschwenden, als wäre ihr Leben unendlich. Manchmal tut es gut, sich die Endlichkeit des Lebens bewusst zu machen. Es ist wichtig, sich regelmäßig daran zu erinnern, dass wir nicht ewig hier sind und unsere Zeit begrenzt ist. Denn nur dann werden wir Dinge wie z. B. unseren Handykonsum, die Gestaltung unserer Wochenenden und Feierabende oder gar beruflichen Tätigkeiten hinterfragen. Wie möchtest du die Zeit auf dieser Erde erleben und gestalten? Bewusstsein ist der erste Schritt zur Veränderung, deshalb mache dir doch mal deine persönlichen Zeitfresser bewusst und beginne, diese zu reduzieren!

Zufriedenheit

Ein sehr vertrautes Wort, doch hast du je hinterfragt, was damit wirklich gemeint ist? Wann ist man zufrieden und ist es eine Tugend, nach einem anspruchsvollen Tag, auch dann zufrieden zu sein, selbst wenn man sein Ziel nicht erreicht, eine Aufgabe nicht erledigt oder gar dem eigenen Anspruch nicht gerecht geworden ist? Ich möchte damit nicht sagen, dass du es einfach dabei belassen sollst, denn nichts spricht dagegen, dich am nächsten Tag wieder mit Feuereifer ans Werk zu machen. Viel mehr solltest du anerkennen, dass du dein Bestes gegeben hast, dir innerlich auf die Schulter klopfen und deine Leistung auch dann zu feiern, selbst wenn du noch nicht über die Ziellinie gekommen bist. Du bist genug, du hast alles gegeben, du bist stark und so vieles mehr. Warum solltest du NICHT zufrieden sein?

DAS GLÜCKSPERIMENT
JULIA MARIE BECKERT

NOCH MEHR

Konfettimomente

Mit diesem Kartenset hast du dein Leben sicherlich schon um einige Konfettimomente angereichert und dazu möchte ich dir von Herzen gratulieren. Es berührt mich immer sehr, wenn Menschen sich auf den Weg der persönlichen Weiterentwicklung machen und ihr Glück und ihr achtsames Leben selbst in die Hand nehmen und dafür aktiv werden.

Wenn du gemerkt hast, wie gut es dir tut, dich mit dir selbst und Themen wie Achtsamkeit, Selbstliebe und Glück auseinanderzusetzen, empfehle ich dir aus persönlicher Erfahrung, diesen Weg weiterzugehen. Solltest du mein Buch *„Das Glücksperiment – glücklich leben"* noch nicht haben, möchte ich dich hiermit einladen, mit mir gemeinsam auf eine noch viel intensivere Reise zu gehen. Das Glücksperiment ist ein Buch, das dich über drei Monate hinweg an die Hand nimmt und dir täglich zeigt, wie schön dein Leben ist. Du wirst in diesem Buch neue positive Denkgewohnheiten etablieren, die dir guttun und dich selbst durch täglich wechselnde Aufgaben und wöchentliche Coaching-Übungen noch intensiver kennenlernen. Schon tausende Leser/innen haben durch das Glücksperiment die Beziehung zu sich und ihren Mitmenschen vertieft, ihre wahre Schönheit entdeckt, die Achtsamkeit für die kleinen Glücksmomente geschult und ihre volle Größe entfaltet. Auf diesem Weg stehe ich dir mit Anekdoten und echten Erfahrungen zur Seite und lasse auch die Wissenschaft sprechen, wo es nützlich ist. Ergänzende Downloads, Audio- und Videoinhalte vertiefen die elf verschiedenen Phasen des Glücksperiments und begleiten dich auf deinem persönlichen Weg.

GLÜCK IST EIN RUDELTIER!

Mit diesem Kartenset und dem Buch *„Das Glücksperiment“* haben wir schon eine richtige Community aufgebaut. Wir würden uns unglaublich freuen, wenn auch du Teil davon wirst.